KB126042

中华优秀传统文化

成语日积月累

中华优秀传统文化

成语日积月累

崔明淑 著

學古房

序

成语是汉语中的一种独特表达方式。它言简意赅，却蕴含着深刻的道理和丰富的文化内涵。成语作为中国文化中的璀璨明珠，拥有着深厚的历史、文化和象征意义，也向我们展现着古代中国人民的哲理和智慧，因此成语在中华传统文化中占据着非常重要的地位和价值。

掌握简短而朗朗上口的成语可以使我们说话妙语连珠，下笔如有神助。比如，当你站在山顶向下俯瞰时，你就可以感慨“峰峦雄伟、江山如画、锦绣山河…”，而不是枯燥无味地吐出“山真好看”这几个字。因此不管是在日常交流中还是在写作中，掌握了成语的使用你就好比得到了一把丰富表达能力的钥匙，可以使我们的语言更加生动形象，意味深长。

这本书按照不同的分类整理出了数百个成语。希望读者通过这本书感受并沉浸在成语以及中国传统文化的魅力中，达到丰富知识、提高语言运用能力、了解汉语深厚内涵的效果！

目录

一、数字成语

一唱一和　一草一木　一模一样
一心一意　一朝一夕　一刀两断

一干二净　一箭双雕　一举两得
一清二白　一知半解　一波三折

一曝十寒　一呼百应　一落千丈
一泻千里　一诺千金　一尘不染
一成不变　一蹶不振　一毛不拔
一钱不值　一窍不通　一丝不苟
一败涂地　一表人才　一本正经

一笔勾销	一鼻子灰	一臂之力
一步登天	一触即发	一筹莫展
一帆风顺	一分耕耘，	一分收获
一鼓作气	一哄而散	一见如故
一技之长	一决胜负	一口咬定
一劳永逸	一路风尘	一马当先
一脉相承	一目了然	一鸣惊人

一念之差	一盘散沙	一片丹心
一贫如洗	一气呵成	一如既往
一扫而空	一视同仁	一事无成
一手遮天	一塌糊涂	一望无垠
一无所有	一笑了之	一相情愿

一息尚存　一席之地　一言难尽
一言为定　一叶孤舟　一叶知秋
一衣带水　一应俱全　一拥而上
一针见血　吃一堑，　长一智
多此一举　欢聚一堂　焕然一新
略胜一筹　水天一色　奄奄一息

二话不说　二桃三士　接二连三
合二为一　别无二致　心无二用
言无二价　数一数二　矢心不二
两败俱伤　两虎相斗　两面三刀
两全其美　两手空空　两小无猜
两袖清风　两厢情愿　进退两难

三长两短　三番两次　三更半夜

三顾茅庐　三令五申　三生有幸

三天打鱼，两天晒网　三头六臂

三心二意　三言两语　垂涎三尺

读书三余　火冒三丈　退避三舍

入木三分　约法三章　事不过三

四分五裂　四海升平　四海为家

四脚朝天　四面楚歌　四平八稳

四通八达　危机四伏　志在四方

五彩缤纷　五花八门　五湖四海
五光十色　五谷丰登　五雷轰顶
五色斑斓　五体投地　五味俱全
五颜六色　五脏六腑　学富五车

六出冰花　六根清净　六亲不认
六亲无靠　六神无主　六月飞霜

七尺之躯　七零八落　七拼八凑
七窍生烟　七情六欲　七上八下
七手八脚　七嘴八舌　横七竖八
乱七八糟

八方支援　八面来风　八面玲珑

八面威风　八仙过海，各显神通

半斤八两　胡说八道　正经八百

九牛一毛　九死一生　数九寒冬

含笑九泉　言重九鼎　九牛二虎之力

十冬腊月　十拿九稳　十年寒窗

十年树木，百年树人　十全十美

十万火急　十指连心　神气十足

百般刁难　百尺竿头，更进一步
百读不厌　百发百中　百废俱兴
百感交集　百花齐放　百家争鸣
百口难辩　百炼成钢　百里挑一
百年不遇　百年大计　百年好合
百思不解　百无禁忌　百无聊赖
百依百顺　百战百胜　百折不挠
长命百岁　海纳百川　精神百倍
漏洞百出　百闻不如一见

千变万化　千差万别　千疮百孔
千锤百炼　千叮万嘱　千方百计
千呼万唤　千古绝唱　千沟万壑

千军万马　千钧一发　千里迢迢
千虑一得　千虑一失　千门万户
千难万险　千篇一律　千千万万
千秋万代　千奇百怪　千丝万缕
千头万绪　千辛万苦　千言万语
千真万确　千载难逢　千姿百态
横扫千军　树高千丈，叶落归根

万不得已　万贯家财　万古长存
万家灯火　万籁俱寂　万里无云
万念俱灰　万水千山　万无一失
万象一新　万紫千红　万众一心
碧波万顷　感慨万千　光芒万丈
鹏程万里　瞬息万变　遗臭万年

二、动物成语

鼠肚鸡肠　鼠目寸光

鼠窃狗盗　投鼠忌器　抱头鼠窜

獐头鼠目　贼眉鼠眼　胆小如鼠

牛刀小试　牛鼎烹鸡

牛郎织女　牛毛细雨　对牛弹琴

汗牛充栋　泥牛入海　钻牛角尖

气壮如牛　初生牛犊不怕虎

虎背熊腰　虎口拔牙

虎口余生　虎落平阳　虎视眈眈

虎头虎脑　虎头蛇尾　放虎归山

骑虎难下　　如虎添翼　　谈虎色变

为虎作伥　　卧虎藏龙　　与虎谋皮

不入虎穴，　焉得虎子　　狐假虎威

狼吞虎咽　　如狼似虎　　照猫画虎

笑面虎　　纸老虎

兔死狐悲　　兔死狗烹

兔角龟毛　　狡兔三窟　　乌飞兔走

守株待兔　　不见兔子不撒鹰

龙凤呈祥　　龙飞凤舞

龙马精神　　龙盘虎踞　　龙潭虎穴

龙腾虎跃　　龙蛇混杂　　龙行虎步

龙吟虎啸　　龙争虎斗　　藏龙卧虎

画龙点睛 来龙去脉 攀龙附凤

群龙无首 生龙活虎 降龙伏虎

笔走龙蛇 凤表龙姿 老态龙钟

鱼跃龙门 车水马龙 人中之龙

望子成龙 叶公好龙

蛇蝎心肠 画蛇添足

惊蛇入草 龙蛇混杂 引蛇出洞

杯弓蛇影 佛心蛇口 春蚓秋蛇

打草惊蛇 虚与委蛇 打蛇打七寸

一朝被蛇咬，三年怕井绳

马不停蹄 马到成功

马革裹尸 汗马功劳 快马加鞭

老马识途　戎马生涯　天马行空

万马齐喑　万马奔腾　信马由缰

一马当先　一马平川　跃马扬鞭

走马观花　一言既出，驷马难追

鞍前马后　兵荒马乱　人强马壮

人仰马翻　蛛丝马迹　单枪匹马

害群之马　厉兵秣马　盲人瞎马

青梅竹马　塞翁失马　脱僵之马

香车宝马　悬崖勒马

羊肠小道　羊入虎口

羊质虎皮　亡羊补牢　虎入羊群

顺手牵羊　羊毛出在羊身上

猴年马月　沐猴而冠

猿猴取月　尖嘴猴腮　杀鸡儆猴

山上无老虎，猴子称大王

鸡飞蛋打　鸡毛蒜皮

鸡鸣狗盗　鸡犬不惊　鸡犬不留

鸡犬不宁　金鸡独立　杀鸡取卵

闻鸡起舞　鹤立鸡群　呆若木鸡

狗吠不惊　狗急跳墙

狗拿耗子　狗尾续貂　狗血喷头

狗眼看人　狗仗人势　犬马之劳

狗咬吕洞宾　狗嘴里吐不出象牙

狐朋狗友　狐群狗党　鸡零狗碎

狼心狗肺　人模狗样　偷鸡摸狗

猪狗不如　猪突豨勇

杀猪宰羊　封豕长蛇　凤头猪肚

蠢笨如猪　人怕出名猪怕壮

鸟枪换炮　鸟啼花落

鸟为食亡　鸟语花香　笨鸟先飞

如鸟兽散　小鸟依人　惊弓之鸟

笼中之鸟　麻雀虽小，五脏俱全

草长莺飞　风声鹤唳　鹤发童颜

鹊巢鸠占　声誉鹊起　乌鸦反哺

鸦雀无声　雁过拔毛　燕雀安知

莺歌燕舞　饮鸩止渴　鹦鹉学舌

凤毛麟角　飞禽走兽　珍禽异兽

兽

杯盘狼藉　豺狼成性
豺狼当道　管中窥豹　狐疑不决
洪水猛兽　困兽犹斗　狼狈不堪
狼狈为奸　狼烟四起　狼子野心
猫鼠同眠　黔驴技穷　人面兽心
声名狼藉　衣冠禽兽　引狼入室

鱼虫 

鱼米之乡　鱼目混珠
鱼跃鸟飞　沉鱼落雁　如鱼得水
混水捞鱼　漏网之鱼　蚕食鲸吞
独占鳌头　瓮中捉鳖　虾兵蟹将

堤溃蚁穴　飞蛾扑火　蜂拥而至
花飞蝶舞　积蚊成雷　金蚕脱壳

蜻蜓点水　　螳螂捕蝉，　黄雀在后

螳臂挡车　　物腐虫生　　蝇头微利

含有两个动物名称的成语

蝉头燕尾　　虫臂鼠肝　　百鸟朝凤

龟兔赛跑　　画虎类狗　　虎胆龙威

龙骧虎步　　龙跃凤鸣　　牛马不及

牛头马面　　狮吼龙腾　　心猿意马

招蜂引蝶　　驴唇不对马嘴

三、带人体成语

面不改色　面红耳赤　面黄肌瘦

面无人色　满面春风　铁面无私

心安理得　心花怒放　心腹之患

心惊肉跳　心口如一　心旷神怡

心灵手巧　心事重重　心心相印

惊心动魄　赏心悦目　提心吊胆

胆战心惊　扣人心弦　铁石心肠

挖空心思　促膝谈心　掉以轻心

头破血流	头头是道	头重脚轻
垂头丧气	点头哈腰	肥头大耳
交头接耳	焦头烂额	蒙头转向
蓬头垢面	劈头盖脸	评头论足
没头没脑	出人头地	浪子回头

昂首阔步	俯首听命	不堪回首
魂不附体	绞尽脑汁	令人发指
灭顶之灾	怒发冲冠	泰山压顶

眼高手低	眼花缭乱	眼疾手快

另眼相看　　有眼无珠　　浓眉大眼

目不暇接　　目瞪口呆　　闭目塞听

满目疮痍　　眉清目秀　　慈眉善目

光彩夺目　　引人注目　　眉飞色舞

扬眉吐气　　近在眉睫　　夺眶而出

口出不逊　　口干舌燥　　口若悬河

口是心非　　闭口不言　　破口大骂

脱口而出　　血口喷人　　信口开河

病从口入　　良药苦口　　唇齿相依

唇亡齿寒　　满腔热忱　　切齿痛恨

徒费唇舌　　咬紧牙关　　咬牙切齿

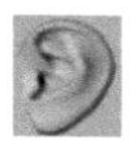

耳聪目明　耳濡目染　耳熟能详

耳闻目睹　耳目众多　掩耳盗铃

抓耳挠腮　掩人耳目　不绝于耳

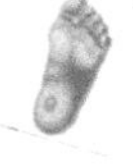

手无寸铁　手足无措　手足情深

手无缚鸡之力　举手投足　两手空空

唾手可得　信手拈来　袖手旁观

指手画脚　爱不释手　大打出手

屈指可数　了如指掌　拳打脚踢

摩拳擦掌　失之交臂　脚踏实地

足不出户　接踵而来

胸无点墨	胸有成竹	义愤填膺
直抒胸臆	肺腑之言	腹背受敌
肝肠寸断	肝胆相照	肝脑涂地
感人肺腑	汗流浃背	筋疲力尽
满腹牢骚	沁人肺腑	食不果腹

身体力行	身外之物	粉身碎骨
挺身而出	引火烧身	骨肉相连
骨瘦如柴	毛骨悚然	恨入骨髓
痛入骨髓	血流成河	血肉相连
腥风血雨	皮开肉绽	至亲骨肉

四、带“人”字成语

人才辈出　人才济济　人多口杂

人地生疏　人定胜天　人浮于事

人各有志　人迹罕至　人尽其才

人杰地灵　人困马乏　人命关天

人情冷暖　人情世故　人声鼎沸

人生如梦　人事不省　人所共知

人心涣散　人烟稠密　人之常情

成人之美　痴人说梦　出人意料

发人深省　高人一等　诲人不倦

令人发指　　耐人寻味　　千人一面

强人所难　　三人行，　　必有我师

损人利己　　耸人听闻　　仁人志士

任人唯贤　　拖人下水　　为人师表

先人后己　　引人入胜　　渔人之利

与人为善　　一人之下，　万人之上

不近人情　　不省人事　　惨无人道

大快人心　　地广人稀　　地利人和

风土人情　　风云人物　　蛊惑人心

鼓舞人心　　荒无人烟　　家破人亡

脍炙人口　　善解人意　　深入人心

事在人为　　天灾人祸　　振奋人心

不甘后人	出口伤人	睹物思人
咄咄逼人	孤家寡人	后继有人
嫁祸于人	冷语冰人	目中无人
谋事在人	平易近人	舍己为人
盛气凌人	以貌取人	先发制人
息事宁人	仗势欺人	治病救人

五、“想”的成语

静静地想（静思默想）

苦苦地想（苦思冥想）

想得混乱（胡思乱想）

想得周全（深思熟虑）

想了又想（朝思暮想）

想得很多（左思右想）

想得荒唐（痴心妄想）

想得离奇（异想天开）

想得厉害（浮想联翩）

想得美好（想入非非）

六、“看”的近义词成语

见多识广　见义勇为　见异思迁
视而不见　视民如子　视死如归
视同路人　熟视无睹　目不斜视

望穿秋水　望而生畏　望眼欲穿
望洋兴叹　一望无际　昂首望天
东观西望　博览群书　一览无余

察言观色　惨不忍睹　高瞻远瞩
极目远眺　惊鸿一瞥　举世瞩目
面面相觑　探头探脑　先睹为快

七、植物成语

花团锦簇	花容月貌	花枝招展
繁花似锦	开花结果	奇花异果
昙花一现	柳暗花明	锦上添花
明日黄花	天女散花	出水芙蓉
春兰秋菊	萍水相逢	香气袭人

草菅人命	粗枝大叶	风吹草动
风扫落叶	横生枝节	节外生枝
李代桃僵	桑榆暮景	视入草芥
世外桃源	树大根深	树大招风
投桃报李	叶落知秋	斩草除根

布帛蔬粟	沧海一粟	豆蔻年华
根深蒂固	瓜熟蒂落	滚瓜烂熟
黄粱美梦	火中取栗	荆棘丛生
孔融让梨	目光如豆	藕断丝连
如火如荼	顺藤摸瓜	势如破竹
五谷不分	一枕黄粱	雨后春笋

八、带色彩成语

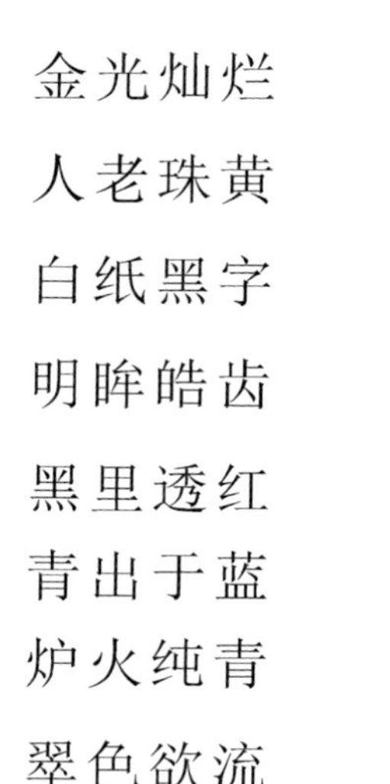

金光灿烂　黄金时代　炎黄子孙

人老珠黄　白发苍苍　白云苍狗

白纸黑字　洁白无瑕　皓首穷经

明眸皓齿　须眉茭白　黑白分明

黑里透红　漆黑一团　乌烟瘴气

青出于蓝　青红皂白　青枝绿叶

炉火纯青　苍髯如戟　苍松翠柏

翠色欲流　绿水青山　一碧万顷

红红火火　红男绿女　红装素裹

唇红齿白　花红柳绿　披红挂彩

碧血丹心　紫气东来　姹紫嫣红

火树银花　绚丽多彩　花里胡哨

九、隔字相同的成语

本乡本土	不慌不忙	不死不活
大喊大叫	活灵活现	古色古香
假仁假义	久而久之	毛手毛脚
难解难分	偏听偏信	破罐破摔
群策群力	人模人样	任劳任怨
如泣如诉	如醉如痴	若即若离
天兵天将	同心同德	稳扎稳打
问长问短	瓮声瓮气	无拘无束
无穷无尽	无声无息	无影无踪
有声有色	有始有终	载歌载舞
自高自大	自卖自夸	自作自受

十、带方位成语

东窗事发　东奔西走　东倒西歪

东鳞西爪　东山再起　江东父老

声东击西　说东道西　福如东海

南来北往　南征北战　天南地北

马放南山　泰山北斗　转战南北

前赴后继　前呼后拥　前因后果

前车之鉴　惩前毖后　瞻前顾后

名列前茅　大敌当前　后来居上

后起之秀　以绝后患　置之脑后

左右开弓　　左右为难　　左右逢源

左邻右舍　　左顾右盼　　稳操左券

上蹿下跳　　上漏下湿　　上吐下泻

上行下效　　承上启下　　天上人间

掌上明珠　　梁上君子　　举国上下

力争上游　　天下大乱　　居高临下

内外交困　　内忧外患　　内顾之忧

里勾外连　　里应外合　　彻里彻外

绵里藏针　　字里行间　　蒙在鼓里

外圆内方　　外柔中刚　　外强中干

节外生枝　　秀外慧中　　喜出望外

中流砥柱	间不容发	苦中作乐
人间地狱	锥处囊中	俯仰之间
游戏人间	旁敲侧击	旁若无人

十一、叠字成语

比比皆是	步步登高	楚楚可怜
呱呱坠地	耿耿于怀	愤愤不平
赫赫有名	斤斤计较	津津有味
井井有条	静静乐道	节节败退
炯炯有神	历历在目	落落大方
绵绵不绝	默默无闻	念念不忘
飘飘欲仙	窃窃私语	人人自危
姗姗来迟	滔滔不绝	头头是道
亭亭玉立	娓娓动听	欣欣向荣
星星点灯	惺惺作态	循循善诱
栩栩如生	洋洋得意	摇摇欲坠
依依惜别	跃跃欲试	沾沾自喜

白雪皑皑	波光粼粼	大名鼎鼎
风度翩翩	来势汹汹	气喘吁吁
气势汹汹	热气腾腾	死气沉沉
生机勃勃	书声琅琅	天网恢恢
威风凛凛	小心翼翼	喜气洋洋

断断续续	纷纷扬扬	沸沸扬扬
昏昏沉沉	浩浩荡荡	轰轰烈烈
家家户户	林林总总	踉踉跄跄
勤勤恳恳	三三两两	歪歪扭扭
羞羞答答	隐隐约约	郁郁葱葱
庸庸碌碌	影影绰绰	战战兢兢

十二、带“不”字成语

不甘示弱	不共戴天	不寒而栗
不计其数	不可收拾	不可思议
不露声色	不谋而合	不期而遇
不速之客	不同凡响	不学无术
不由自主	不约而同	不择手段
不知深浅	不知所措	不足为奇

辞不达意	猝不及防	祸不单行
机不可失	力不从心	漫不经心
妙不可言	美不胜收	名不虚传
怒不可遏	情不自禁	弱不禁风
深不可测	势不两立	死不悔改
恬不知耻	义不容辞	下不为例

残缺不全　川流不息　措手不及

愁眉不展　参差不齐　寸步不让

从容不迫　放荡不羁　华而不实

坚韧不拔　截然不同　经久不息

坎坷不平　连绵不断　屡教不改

络绎不绝　美中不足　绵绵不绝

疲惫不堪　锲而不舍　纹丝不动

无所不有　形影不离　一声不吭

犹豫不决　欲罢不能　赞叹不已

自命不凡　坐立不安

十三、含一对近义词的成语

唉声叹气　报仇雪恨　捕风捉影

不偏不倚　不声不响　赤手空拳

大摇大摆　道听途说　颠三倒四

调兵遣将　地动山摇　翻江倒海

翻云覆雨　风平浪静　风驰电掣

高楼大厦　感恩戴德　怪模怪样

海阔天空　胡言乱语　欢蹦乱跳

火烧火燎　接二连胜　谨言慎行

惊天动地　酒囊饭袋　流言飞语

满山遍野　民脂民膏　难分难解

品头论足　平心静气　日积月累

如花似玉　山崩地裂　伤天害理

添油加醋　添枝加叶　添砖加瓦

涂脂抹粉　无边无际　无依无靠

无忧无虑　星罗棋布　咬文嚼字

争分夺秒　争奇斗艳　争权夺利

十四、含两对近义词的成语

背井离乡　层峦叠嶂　崇山峻岭
丢盔弃甲　翻山越岭　分门别类
丰功伟绩　改朝换代　豪言壮语

精雕细刻　惊涛骇浪　街谈巷议
聚精会神　灵丹妙药　能说会道
奇形怪状　琼浆玉液　琼楼玉宇
深思熟虑　生擒活捉　生拉硬扯
甜言蜜语　通风报信　通情达理
歪门邪道　汪洋大海　文从字顺

心满意足　幸灾乐祸　凶神恶煞

虚情假意　摇头晃脑　斩尽杀绝

真凭实据　装模作样　追根究底

十五、含一对反义词的成语

半信半疑	避实击虚	出神入化
除暴安良	大材小用	大手大脚
顶天立地	东逃西散	反败为胜

逢凶化吉	夫唱妇随	扶老携幼
改邪归正	古为今用	顾此失彼
官逼民反	鬼斧神工	公报私仇
功败垂成	横眉立目	化整为零
积少成多	今非昔比	举足轻重
苦尽甘来	来龙去脉	南腔北调
南辕北辙	浓妆淡抹	弄假成真

弄巧成拙　逆来顺受　铺天盖地

前倨后恭　前仰后合　起死回生

弃暗投明　弃旧图新　取长补短

惹是生非　若明若暗　若隐若现

殊途同归　水深火热　天经地义

同床异梦　文武双全　先斩后奏

由此及彼　有口无心　有气无力

有头无尾　以攻为守　以少胜多

以逸待劳　异曲同工　因小失大

远亲近邻　朝令夕改　争先恐后

转危为安　自始至终　走南闯北

十六、含两对反义词的成语

悲欢离合　避重就轻　避实就虚

春华秋实　藏头露尾　此起彼伏

大同小异　扶弱抑强　古往今来

好逸恶劳　寒来暑往　厚此薄彼

吉凶祸福　经天纬地　你死我活

轻重缓急　取长补短　人小鬼大

深入浅出　神出鬼没　生死存亡

盛衰荣辱　是非曲直　送往迎来

死去活来　喜新厌旧　先斩后奏

凶多吉少　有名无实　有头无尾

十七、含近义、反义词成语

长吁短叹	大街小巷	颠倒是非
东躲西藏	尔虞我诈	返老还童
改天换地	横冲直撞	欢天喜地
昏天黑地	街头巷尾	开天辟地

来踪去迹	冷嘲热讽	明争暗斗
欺上瞒下	生离死别	手舞足蹈
说长道短	挑肥拣瘦	天崩地塌
天翻地覆	天罗地网	同生共死
新仇旧恨	寻死觅活	阴差阳错

反义成语

爱不释手——不屑一顾

爱财如命——挥金如土

半途而废——坚持不懈

博古通今——坐井观天

高瞻远瞩——鼠目寸光

寂然无声——吵吵闹闹

内忧外患——国泰民安

雪中送炭——雪上加霜

一丝不苟——粗枝大叶

异口同声——众说纷纭

近义成语

按部就班——循序渐进

百发百中——百步穿杨

白日做梦——痴心妄想

别具一格——别开生面

不名一钱——身无分文

不求甚解——囫囵吞枣

急功近利——急于求成

历历在目——记忆犹新

自鸣得意——自得其乐

十八、带兵器的成语

宝刀未老	兵不血刃	唇枪舌剑
大刀阔斧	大动干戈	刀山火海
刀光剑影	单刀直入	单枪匹马
短兵相接	当头棒喝	归心似箭
夹枪带棒	剑拔弩张	箭在弦上

借刀杀人	戟指怒目	口蜜腹剑
临阵磨枪	明枪暗箭	鸟尽弓藏
千刀万剐	枪林弹雨	琴心剑胆
三锤两棒	十年磨剑	同室操戈
吞刀刮肠	无的放矢	笑里藏刀
心如刀绞	折戟沉沙	真刀真枪

十九、描写四季的成语

百鸟鸣春　　春光明媚　　春风化雨

春花烂漫　　春回大地　　春色满园

春意盎然　　春意正浓　　春雨如油

春暖花香　　杏雨梨云　　阳春三月

野火烧不尽，春风吹又生

夏天

赤日炎炎　　大汗淋漓　　骄阳似火

莲叶满池　　挥汗如雨　　鸟语蝉鸣

万木葱茏　　五黄六月　　枝繁叶茂

北雁南飞　　橙黄橘绿　　果实累累

满山红叶　　芦花飘扬　　金桂飘香

秋风送爽　　秋风萧瑟　　秋高气爽

秋菊怒放　　秋菊傲骨　　秋色迷人

秋色宜人　　天高云淡　　西风落叶

北风呼啸　　冰冻三尺　　冰天雪地

大雪纷飞　　滴水成冰　　寒冬腊月

寒风侵肌　　寒气逼人　　千里冰封

天寒地冻　　万里雪飘　　银装素裹

二十、描写时辰的成语

晨光绚丽	晨光熹微	晨雾弥漫
东方欲晓	空气清新	万物初醒
旭日东升	雄鸡报晓	朝霞满天

中午

碧空如洗	火伞高张	烈日当头
丽日临空	万里无云	艳阳高照

傍晚

百鸟归林	薄暮冥冥	残阳如血

炊烟四起　　华灯初上　　日薄西山

日落西山　　夕阳西斜　　夜幕低垂

夜晚

灯火辉煌　　漫漫长夜　　夜深人静

夜色柔美　　夜色迷人　　月明星稀

二十一、描写天气的成语

大雪封山	鹅毛大雪	风雪交加
漫天飞雪	瑞雪纷飞	雪兆丰年

雷电

春雷滚滚	电劈石击	电闪雷鸣
雷电大作	雷电交加	晴天霹雳

雨

暴雨如注	大雨淋漓	大雨滂沱
风调雨顺	风雨无阻	风雨同舟
风雨飘摇	和风细雨	狂风暴雨

满城风雨　瓢泼大雨　倾盆大雨
随风飘洒　未雨绸缪　阴雨连绵

风

北风呼啸　风和日丽　寒风刺骨
金风送爽　狂风大作　狂风怒吼
狂风巨浪　凉风习习　微风习习

云

拨云见日　彩云满天　风卷残云
风起云涌　浮云蔽日　红霞万里
彤云密布　乌云翻滚　云淡风轻
云海茫茫　云轻如棉　云雾迷蒙
云丝缕缕　云开雾散　烟消云散

日

日高三尺　日上三竿　日影西斜

旭日东升　艳阳高照　一轮红日

月

风清月明　星月皎洁　月光如水

月明如昼　月落星沉　众星拱月

天空

碧空如洗　碧空万里　浩浩长空

满天星斗　天朗气清　云过天空

二十二、描写花草树果的成语

花

百花盛开　春花秋月　花色迷人

花香醉人　含苞待放　万草千花

一枝独秀　争奇斗艳　昨日黄花

草

草木萧疏　寸草不生　芳草萋萋

绿草如茵　绿油油　杂草丛生

树

苍翠挺拔　枯木逢春　林海雪原

青翠欲滴　耸入云天　秀丽多姿

山

峰峦雄伟　高山深涧　荒山野地

江山如画　锦绣山河　漫山遍野

山明水秀　山穷水尽　悬崖峭壁

水

波澜壮阔　波涛汹涌　潺潺流水

高山流水　洪水猛兽　涓涓细流

水流湍急　水平如镜　烟波浩渺

瓜果蔬菜

果实饱满　果园飘香　清香鲜嫩

青翠欲滴　硕果累累　鲜嫩水灵

二十三、描写情况紧急的成语

兵临城下	风口浪尖	急如星火
岌岌可危	火烧眉毛	刻不容缓
迫不及待	迫在眉睫	燃眉之急
如箭在弦	生死关头	生死攸关
时不我待	危在旦夕	一触即发

二十四、首尾同字的成语

防不胜防　　话中有话　　精益求精

举不胜举　　来者不善，善者不来

欺人自欺　　人外有人　　忍无可忍

日复一日　　神乎其神　　数不胜数

天外有天　　痛定思痛　　闻所未闻

微乎其微　　为所欲为　　贼喊捉贼

二十五、含比喻成分的成语

恩重如山	高手如林	观者如云
光阴似箭	浩如烟海	泪如泉涌
冷若冰霜	轻如鸿毛	日月如梭
如胶似漆	如影随形	如坐针毡
守口如瓶	铁证如山	稳如泰山

二十六、含夸张成分的成语

不毛之地　　寸步难行　　大海捞针

度日如年　　胆大包天　　焦头烂额

气吞山河　　日理万机　　人山人海

万古长青　　无孔不入　　一目十行

一日三秋　　一字千金　　永垂不朽

震耳欲聋　　健步如飞　　如雷贯耳

二十七、表示稀少的成语

不可多得	沧海一粟	独一无二
绝无仅有	空前绝后	寥寥无几
寥若晨星	宁缺毋滥	前所未有
铁树开花	世所罕见	微乎其微
稀稀拉拉	一麟半爪	一丝一毫

二十八、描写热闹繁华的成语

繁华胜地	鼓乐喧天	花花世界
花天锦地	挥汗如雨	举袖为云
门庭若市	摩肩接踵	人欢马叫
热火朝天	盛况空前	水泄不通
万人空巷	熙熙攘攘	震耳欲聋

二十九、描写丰富繁多的成语

包罗万象
多如牛毛
琳琅满目
无所不包
应接不暇

层出不穷
丰富多彩
美不胜收
星罗棋布
应有尽有

绰绰有余
俯拾皆市
无奇不有
洋洋大观

三十、源于寓言的成语

拔苗助长	抱薪救火	班门弄斧
东施效颦	邯郸学步	画饼充饥
锦囊妙计	刻舟求剑	滥竽充数
买椟还珠	迷途知返	庖丁解牛
杞人忧天	愚公移山	鹬蚌相争
渔翁得利	郑人买履	指鹿为马
自相矛盾	智子疑邻	坐井观天

三十一、源于历史的成语

安步当车	暗渡陈仓	按图索骥
杯水车薪	背水一战	兵不厌诈
病入膏肓	草木皆兵	才高八斗
程门立雪	初出茅庐	道不拾遗
负荆请罪	刮目相看	居安思危

毛遂自荐	孟母断机	破釜沉舟
旗鼓相当	人走茶凉	孺子可教
太公钓鱼	完璧归赵	望梅止渴
刎颈之交	卧薪尝胆	悬梁刺股
以卵击石	运筹帷幄	凿壁偷光
煮豆燃萁	曾子杀彘	纸上谈兵

三十二、描写人的成语

描写人物神态的成语

昂首挺胸	屏息凝神	愁眉苦脸
愁眉紧锁	大惊失色	道貌凛然
得意洋洋	和蔼可亲	和颜悦色
横眉冷对	挤眉弄眼	惊慌失措
精神焕发	满面红光	漫不经心

目不转睛	眉飞色舞	眉来眼去
眉开眼笑	怒气冲天	平心静气
破涕为笑	热泪盈眶	忍俊不禁
神采奕奕	神采飞扬	神气活现

泰然自若　无精打采　笑容可掬

笑逐颜开　嬉皮笑脸　喜上眉梢

心不在焉　心平气和　兴高采烈

哑然失笑　悠然自得　张口结舌

描写人物外貌的成语

膀大腰圆　白发苍颜　闭月羞花

短小精悍　大腹便便　婀娜多姿

高大魁梧　国色天香　落落大方

美如冠玉　眉目如画　披头散发

其貌不扬　倾国倾城　容光焕发

相貌堂堂　小巧玲珑　文质彬彬

衣冠楚楚　玉树临风　雍容华贵

描写人物动作的成语

拔腿就跑　抱头痛哭　大步流星
大喊大叫　动如脱兔　身手敏捷
伏案疾书　欢呼雀跃　落荒而逃
慢条斯理　蹑手蹑脚　捧腹大笑
翩翩起舞　伸头缩颈　日夜兼程
席地而坐　扬长而去　一饮而尽
议论纷纷　辗转反侧　张牙舞爪

描写人物心理的成语

魂飞魄散　魂不守舍　惶恐不安
闷闷不乐　失魂落魄　忐忑不安
心烦意乱　心急如焚　心慌意乱

心灰意冷　　心乱如麻　　心有余悸
心神不定　　心照不宣　　欣喜若狂
依依不舍　　郁郁寡欢　　做贼心虚

描写人物语言的成语

长话短说　　出口成章　　低声细语
大言不惭　　对答如流　　高谈阔论
拐弯抹角　　故弄玄虚　　含糊其词
绘声绘色　　交头接耳　　结结巴巴
侃侃而谈　　夸夸其谈　　淋漓尽致
伶牙俐齿　　妙语连珠　　喃喃自语
念念有词　　肆无忌惮　　少言寡语
吞吞吐吐　　谈笑风生　　无所顾忌
闲言碎语　　言之成理　　一语道破

油嘴滑舌　真心诚意　振振有辞
直言不讳　自言自语　自圆其说

描写英雄人物的成语

冲锋陷阵　大智大勇　奋不顾身
光明磊落　豪情壮志　化险为夷
赴汤蹈火　急中生智　力挽狂澜
临危不惧　堂堂正正　仰不愧天
一身正气　镇定自若　正气凛然

描写友情的成语

拔刀相助　关怀备至　海誓山盟
亲密无间　情同手足　荣辱与共
同甘共苦　推心置腹　志同道合

描写学习的成语

废寝忘食	教学相长	力争上游
敏而好学	囊萤映雪	披荆斩棘
勤学好问	全力以赴	全神贯注
持之以恒	温故知新	学无止境
学而不倦	夜以继日	真才实学
孜孜不倦	自强不息	专心致志

描写人多的成语

比肩叠踵	宾客如云	纷至沓来
高朋满座	接连不断	人声喧哗
人多势众	人来人往	人如潮涌
人声嘈杂	人烟稠密	座无虚席

描写人物品质的成语

高尚

暗室不欺　不同流俗　赤子之心

德厚流光　高情远致　高山景行

功德无量　厚德载物　见危授命

敬老慈幼　良金美玉　明德惟馨

年高德劭　前人栽树，后人乘凉

拾金不昧　云中白鹤　志士仁人

不虞之誉　不言而信　不恶而严

荣华富贵　山中宰相　师道尊严

宽容

含垢纳污　　呼牛呼马　　豁达大度

既往不咎　　宽大为怀　　宽宏大量

网开一面　　心宽体胖　　以德报怨

严以律己，宽以待人　　知情达理

著名

草木知威　　驰名中外　　大名鼎鼎

德高望重　　风云人物　　举世闻名

名扬四海　　名满天下　　声振寰宇

杰出

超群绝伦　　材雄德茂　　出类拔萃

风华正茂　　伏龙凤雏　　盖世英雄

鹤鸣之士　金榜题名　举世无双
绝世超伦　昆山片玉　妙笔生花
首屈一指　铁中铮铮　珠联璧合

荣耀

当之无愧　功勋卓著　光宗耀祖
家喻户晓　青史留名　生荣死哀
死得其所　为国捐躯　至高无上

助人

拔刀相助　大公无私　将伯之助
解衣推食　救死扶伤　绝甘分少
慷慨解囊　轻财好施　设身处地
为民请命　有求必应　与人为善
云行雨施　助人为乐　仗义执言

正气

冰清玉洁	冲锋陷阵	大义灭亲
大智大勇	奋勇当先	赴汤蹈火
刚正不阿	高风亮节	浩然正气
鞠躬尽瘁，	死而后已	慷慨就义
贫贱不移	气冲霄汉	气壮山河
气宇轩昂	气冲牛斗	忍辱负重

深明大义	神清气正	威震天下
仰不愧天	一代风流	义无反顾
毅然决然	英姿焕发	战无不胜
斩钉截铁	镇定自若	正直无私
忠心耿耿	忠贞不渝	执法如山

有志气

乘风破浪	九天揽月	夸父追日
老骤伏枥	老当益壮	力争上游
陵云之志	猛志常在	磨杵成针
十载寒窗	心小志大	胸怀大志
雄心壮志	移山倒海	迎头赶上

自力更生	自求多福	自食其力
治国安民	争强好胜	知难而进

有志者事竟成　　燕雀安知鸿鹄之志

有作为

大显神通	大显身手	大有作为
大器晚成	奋发有为	风华正茂

公才公望　功成名就　后生可畏
宏图大展　前程似锦　如日方升
天道酬勤　衣锦还乡　朝气蓬勃

奋发

发愤图强　发奋蹈厉　奋发向上
击楫中流　我武惟扬　振奋人心

忠诚

碧血丹心　蹈节死义　成仁取义
赤心报国　赤胆忠心　赤诚相待
故旧不弃　寒花晚节　扪心无愧
心虔志诚　以身殉职　忠肝义胆

坚定

从容就义　海枯石烂　坚定不移

雷打不动　木人石心　誓死不二

无坚不摧　心坚石穿　心如铁石

指天誓日　至死不变　志坚行苦

坚强

不屈不挠　坚苦卓绝　坚持不懈

宁死不屈　铁石心肠　始终如一

真诚

抱诚守真　诚心诚意　讲信修睦

金石为开　精诚所至　开心见诚

恪守不渝　披心相付　披肝沥胆

璞玉浑金　拳拳服膺　全心全意
倾心吐胆　推诚相见　胸无城府
言而有信　言行一致　真心实意

虚心

不耻下问　好问则裕　戒骄戒躁
抛砖引玉　谦虚谨慎　损之又损
闻过则喜　洗耳恭听　虚怀若谷
有则改之，无则加勉　择善而从
知之为知之　满招损，谦受益

谨慎

爱惜羽毛　画地为牢　兢兢业业
敬小慎微　临事而惧　如履薄冰
慎终追远　三思而行　小心谨慎

廉洁

奉公守法　　富贵浮云　　廉洁奉公

洗手奉职　　先公后私　　纤尘不染

无私

秉正无私　　出生入死　　顾全大局

涓滴归公　　开诚布公　　克己奉公

摩顶放踵　　修身洁行　　先人后己

先天下之忧而忧，后天下之乐而乐

正直

不愧屋漏　　风骨峭峻　　刚肠嫉恶

光风霁月　　襟怀坦白　　明镜高悬

危言危行　　行不更名，坐不改姓

行不由径　　严气正性　　正大光明

慷慨

悲歌慷慨　高义薄云　乐善好施
慷慨激昂　慷慨陈词　慨然允诺

勤奋

不敢旁骛　不知肉味　屏气凝神
笃志好学　见贤思齐　勤能补拙
鸡鸣而起　精卫填海　开足马力
埋头苦干　目不窥园　磨穿铁砚
勤学苦练　倾耳注目　青云直上

夙兴夜寐　水涨船高　通宵达旦
痛改前非　突飞猛进　脱胎换骨
手足胼胝　业精于勤　幼学壮行
再接再厉　只争朝夕　坐以待旦
世上无难事，只怕有心人

勇敢

不避艰险	赴汤蹈火	浑身是胆
排除万难	群威群胆	路见不平
杀敌致果	舍死忘生	身先士卒
所向无前	铜头铁额	无所畏惧
万死不辞	浴血奋战	勇往直前
勇猛果敢	义无反顾	纵横驰骋

公正

不偏不倚	铁面御史	替天行道
天公地道	天网恢恢，	疏而不漏

明辨

爱憎分明	褒善贬恶	火眼金睛
信赏必罚	羞与为伍	彰善瘅恶

节俭

粗茶淡饭　恶衣恶食　艰苦朴素

节衣缩食　精打细算　开源节流

克勤克俭　厉行节约　省吃俭用

勤俭持家　细水长流　修旧利废

善良

规行矩步　璞玉浑金　情恕理遣

仁至义尽　仁言利博　仁心仁闻

忍辱负重　忍气吞声　软玉温香

上善若水　淑质英才　束身自好

随遇而安　天真无邪　唾面自干

委曲求全　温润而泽　温良恭俭

温柔敦厚　于心何忍

团结

博施济众	打抱不平	打成一片
二人同心，	其利断金	和衷共济
患难与共	济困扶危	坚如磐石
精诚团结	戮力同心	齐心协力
铜墙铁壁	同舟共济	休戚与共
相濡以沫	一心一德	有福同享
众擎易举	众志成城	左提右挈

骄傲

鼻孔朝天	不屑一顾	目空一切
高视阔步	骄傲自满	居功自傲
随心所欲	自鸣得意	自我陶醉

才能

辩才无碍	沧海遗珠	才貌双全
才气过人	踔绝之能	德才兼备
多才多艺	斗酒百篇	登高能赋
栋梁之材	风华绝代	教一识百
经国之才	妙手丹青	莫测高深

女中尧舜	千里之足	七步之才
三寸之舌	神工鬼斧	文武双全
文不加点	下笔成章	有脚书橱
一世之雄	真才实学	直谅多闻
着手成春	强将手下无弱兵	

智谋

将计就计　举无遗策　老谋深算
权宜之计　神机妙算　神通广大
万全之策　文韬武略　以一持万
智勇双全　足智多谋　遵时养晦
三个臭皮匠，赛过诸葛亮

聪明

别具只眼　冰雪聪明　大智若愚
大巧若拙　告往知来　过目成诵
过目不忘　见微知著　料事如神
明见万里　讷言敏行　人中骐骥
生而知之　未卜先知　先知先觉

机智

便宜行事	见机行事	机变如神
计上心来	临机处置	灵机一动
明察秋毫	眉头一皱，	巧发奇中
目达耳通	情急智生	随机应变
通权达变	眼观六路，	耳听八方

博学

博古通今	博学多闻	博学多才
博闻强记	博大精深	殚见洽闻
多文为富	满腹经纶	无所不通

能干

不觉技痒	独当一面	精明强干

妙手回春　棋逢对手　起死回生
胜任愉快　手到病除　无所不能

远见

登高望远　目光如炬　深谋远虑
先见之明　远见卓识　真知灼见

创新

标新立异　别出心裁　别开生面
不拘一格　独具匠心　独树一帜
耳目一新　吐故纳新　推陈出新
自出机杼　自立门户　自我作故

熟练

不假思索　得心应手　干净利落
举手之劳　挥洒自如　琅琅上口
目无全牛　轻车熟路　轻而易举
如臂使指　手到擒来　手挥目送
熟能生巧　运用自如　运斤成风

老练

饱经沧桑　不漏辞色　老气横秋
少年老成　身经百战　游刃有余

卑劣

暗度陈仓　暗箭伤人　卑鄙无耻
趁火打劫　乘人之危　臭味相投
臭名远扬　恩将仇报　过河拆桥

厚颜无耻　　落井下石　　奇耻大辱
认贼作父　　挑拨离间　　无中生有
无恶不作　　误入歧途　　威信扫地
卸磨杀驴　　摇尾乞怜　　以怨报德

奸诈

藏头露尾　　害人不浅　　好好先生
明争暗斗　　谋财害命　　巧言如簧
随风转舵　　无所不为　　心怀叵测
阴谋诡计　　用尽心机　　造谣生事

凶残

大逆不道　　赶尽杀绝　　诡计多端
灭绝人性　　丧尽天良　　十恶不赦

天理难容　　五毒俱全　　罪大恶极

虚伪

别有用心　　背信弃义　　出尔反尔

钩心斗角　　故弄玄虚　　鬼鬼祟祟

好大喜功　　假公济私　　冒名顶替

瞒天过海　　明知故问　　弄虚作假

欺软怕硬　　巧言令色　　偷天换日

无病呻吟　　言而无信　　言行不一

阳奉阴违　　雨后送伞　　招摇撞骗

蛮横

称王称霸	横行霸道	蛮不讲理
强词夺理	欺人太甚	有恃无恐

放肆

不可一世	明目张胆	肆无忌惮
随心所欲	妄自尊大	无法无天
倚老卖老	恣意妄为	自以为是

贪婪

垂涎欲滴	得寸进尺	非分之想
见财起意	见钱眼开	见利忘义
患得患失	数米量柴	贪得无厌
唯利是图	自私自利	坐地分赃

懒惰

饱食终日	不劳而获	好逸恶劳
好吃懒做	四体不勤	死气沉沉
萎靡不振	无所用心	无所作为
无所事事	五谷不分	玩世不恭
衣来伸手，	饭来张口	游手好闲
拈轻怕重	坐吃山空	坐享其成

奢侈

灯红酒绿	花花世界	花天酒地
及时行乐	金迷纸醉	锦衣玉食
酒池肉林	铺张浪费	养尊处优

愚蠢

把饭叫饥	笨嘴笨舌	不识好歹
大愚不灵	冠上加冠	适得其反
徒劳无功	愚昧落后	作茧自缚

三十三、成语之最

最尖的针：无孔不入

最短的季节：一日三秋

最贵的稿酬：一字千金

最吝啬的人：一毛不拔

胆最大的人：一身是胆

跑得最快的马：一日千里

最贵重的话：金玉良言

最快的阅读：一目十行

最危险的时候：千钧一发

落差最大的瀑布：一落千丈

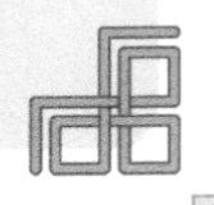

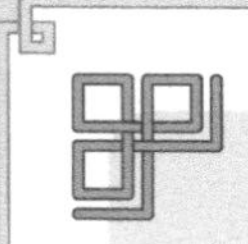

最完美的东西：十全十美

最干净的地方：一尘不染

最长的棍子：一柱擎天

最浪费的行为：一掷千金

最宽的视野：一览无余

最便宜的东西：一文不值

最狭窄的路：羊肠小道

最远的地方：天涯海角

最大的变化：天翻地覆

最高的个子：顶天立地

最大的差异：天壤之别

最重的疾病：无可救药

最快的速度：风驰电掣

最大的手术：脱胎换骨

最反常的天气：晴天霹雳

最多的资源：取之不尽

最长的一天：度日如年

最赚钱生意：一本万利

最大的手：一手遮天

最重的话：一言九鼎

最小的人：轻如鸿毛

冲得最高的气：气冲霄汉

最爱工作的人：废寝忘食

最爱面子的人：两全其美

最爱学习的人：如饥似渴

最安静的地方：万籁俱寂

最安静的时候：不声不响

最肮脏的财产：不义之财

最宝贵的时间：一刻千金

最悲惨的世界：惨不忍睹

最本分的人：安份守己

最不安的饭局：一馈十起

最不动脑筋的部落：群龙无首

最不花钱的白吃：狼吞虎咽

最残酷的心：豺狐之心

最惨的结局：一败涂地

最差的视力：鼠目寸光

最差的证据：不足为据

最差劲的教学环境：一傅众咻

最差劲的买卖：不惜工本

最长的句子：文不加点

最长的时间：千秋万代

最长的寿命：万寿无疆

最彻底的变化：翻天覆地

最彻底的劳动：斩草除根

最彻底的美容：面目全非

最成功的地方：不败之地

最成功的外科手术：狗尾续貂

最成功的战斗：一网打尽

最诚实的人：心口如一

最错的追求：南辕北辙

最大胆的构想：与虎谋皮

最大的被子：铺天盖地

最大的本领：开天辟地

最大的差别：天壤之别

最大的抄袭：不易一字

最大的地方(空间)：无边无际

最大的福：福如东海

最大的工程：移山填海

最大的谎言：弥天大谎

最大的家：四海为家

最大的叫声：一鸣惊人

最大的进展：一步登天

最大的浪费：穷奢极欲

最大的满足：天遂人愿

最大的冒险：孤注一掷

最大的磨难（幸运）：九死一生

最大的瀑布：一泻千里

最大的容量：包罗万象

最大的声响：惊天动地

最大的誓言：海枯石烂

最大的树叶：一叶障目、不见泰山

最大的眼：放眼世界

最大的意志：愚公移山

最多的颜色：万紫千红

最多私宅的拥有者：狡兔三窟

最繁华的街道：车水马龙

最繁忙的机场：日理万机

最繁忙的季节：多事之秋

最费时的工程：百年树人

最锋利的刀剑：削铁如泥

最符合情理：入情入理

最干净的交情：君子之交

最尴尬的场面：理屈词穷

最感无能的人：六神无主

最高超的技术：鬼斧神工

最高的地方：九霄云外

最高点：至高无上

最高明的医术：起死回生、药到病除

最高明的指挥：一呼百应

最高深的手艺：点石成金

最公开的事情：尽人皆知

最怪的人：三头六臂

最怪的声音：南腔北调

最贵的话语：一诺千金

最好当的先生：一字之师

最好的搬迁：不次之迁

最好的记忆：过目成诵

最好的箭术：一箭双雕

最好的司机：驾轻就熟

最好的药方：灵丹妙药

最黑的时候：暗无天日

最红的心：赤子之心

最后的结论：盖棺定论

最华丽的地方：琼楼玉宇

最坏的后代：不肖子孙

最坏的结局：不得善终

最坏的名声：遗臭万年

最荒的地方：不毛之地

最会来事的人：八面玲珑

最激烈的辩论：唇枪舌剑

最急的事：杀鸡取卵

最佳搭档：狼狈为奸

最佳的配对：才子佳人

最佳减肥法：画饼充饥

最坚固的建筑：铜墙铁壁

最坚韧的头发：一发千钧

最艰难的争辩：理屈词穷

最紧张的阶段：一触即发

最精彩的表演：有声有色

最精明的扒手：凿壁偷光

最具虔诚的人：五体投地

最绝望的前途：山穷水尽

最离奇的想法：异想天开

最厉害的贼：偷梁换柱

最厉害的举重运动员：拔山举鼎

最没吃的地方：不食之地

最没价值的东西：分文不值

最没见识的人：井底之蛙

最美丽的情话：甜言蜜语

最美妙的梦：一枕黄粱

最秘密的行动：神出鬼没

最南的捷径：终南捷径

最难的话：一言难尽

最难听的歌曲：陈词滥调

最难治的病：不治之症

最难做的菜：众口难调

最能击中的要害：一针见血

最能可靠的人：万无一失

最怕事的人：胆小如鼠

最漂亮的帽子：冠冕堂皇

最贫的土地：寸草不生

最奇异的动物：狼心狗肺

最强壮的身体：钢筋铁骨

最亲密的伙伴：一丘之貉

最傻的嫌犯：自投罗网

最深的呼吸：气吞山河

最深的缘分：不解之缘

最神秘的行动：神出鬼没

最神奇的魔术：海市蜃楼

最守秘密的人：守口如瓶

最突然的变化：一反常态

最徒劳的工程：精卫填海

最危险的游戏：铤而走险、玩火自焚

最无用的做法：捕风捉影

最无作为的人：一事无成

最惜时的人：争分夺秒

最稀罕的东西：凤毛麟角

最喜欢说别人好话：逢人说项

最狭隘的见解：一孔之见

最先进的做饭：无米之炊

最险恶的地方：龙潭虎穴

最香的饭菜：回味无穷

最小的邮筒：难以置信

最新的时装表演：沐猴而冠

最悬殊的地方：天渊之别

最遥远的地方：天涯海角

最易上火的人：七窍生烟

最勇敢的人：万死不辞

最勇敢的行为：螳臂当车

最有“营养”的话：食言而肥

最有本事的人：一夫当关，万夫莫开

最有福的人：福星高照

最有际遇的人：千载一时

最有价值的笑：一笑千金

最有情意的人：一心一意

最有权威的决策：一锤定音

最有头脑的人：三心二意

最有效的讥讽：讽一劝百

最有效率的动作：一挥而就

最有效率的劳动：一劳永逸

最有学问的人：博古通今、无所不知

最有毅力的人：锲而不舍

最有用的木材：栋梁之材

最有预见的人：未卜先知

最远的地方：天涯海角

最远的分离：天壤之别

最远的邻居：天涯比邻

最正直的人：正人君子

最壮观的赛马运动：万马奔腾

三十四、成语接龙

一字千金　金枝玉叶　叶公好龙

龙马精神　神采飞扬　扬眉吐气

气壮山河　河汾门下　下笔成章

章句之徒　徒有虚名　名落孙山

山穷水尽　尽人皆知　知行合一

一柱擎天　天高气爽　爽然若失

失道寡助　**助人为乐**　乐极生悲

悲喜交集　集思广益　益国利民

民穷财尽　尽心竭力　力不从心

心猿意马　马到成功　**功败垂成**

成家立业　业精于勤　勤俭持家

家徒四壁　壁立千尺　尺幅千里

里出外进　进退两难　难以置信
信誓旦旦　旦夕祸福　福至心灵
灵机巧变　变化无穷　穷凶极恶
恶贯满盈　蝇营狗苟　苟且偷生
生花妙笔　**笔走龙蛇**　蛇口蜂针
针锋相对　对牛弹琴　琴心剑胆
胆大如斗　斗转星移　移花接木
木人石心　心灵手巧　**巧立名目**

目瞪口呆　呆若木鸡　鸡鸣狗盗
盗亦有道　道貌岸然　然荻读书
书香铜臭　臭味相投　投其所好
好高骛远　远近闻名　名不副实
实获我心　心腹之患　患得患失

失之毫厘，谬以千里　　里应外合
合理合法　　法其遗志　　**志大才疏**
疏忽职守　　守株待兔　　兔死狐悲
悲天悯人　　人人自危　　危急存亡
亡猿祸木　　木不可雕　　雕虫小技
技艺高超　　超然物外　　外强中干
干戈四起　　起死回生　　生离死别
别具一格　　格格不入　　入木三分
分秒必争　　**争先恐后**

后顾之忧　　忧心如焚　　焚琴煮鹤
鹤立鸡群　　群龙无首　　首屈一指
指鹿为马　　马革裹尸　　尸位素餐
餐风宿露　　露胆披肝　　肝胆相照

照功行赏	赏心悦目	目不暇接
接二连三	三缄其口	口不择言
言而无信	**信口雌黄**	黄粱一梦
梦寐以求	求之不得	得寸进尺
尺蠖之屈	屈指可数	数一数二
二桃三士	士饱马腾	**腾蛟起凤**

凤鸣朝阳	阳关大道	道听途说
说三道四	四面楚歌	歌舞升平
平心静气	气喘如牛	牛郎织女
女中丈夫	夫唱妇随	随波逐流
流离失所	所向披靡	靡靡之音
音容笑貌	貌合神离	离群索居
居安思危	**危言耸听**	听而不闻

闻风丧胆　胆小如豆　豆蔻年华
华而不实　实事求是　是非曲直
直言不讳　讳莫如深　**深仇大恨**

恨之入骨　骨瘦形销　销声匿影
影影绰绰　绰绰有余　余桃啖君
君子之交　交淡如水　水到渠成
成千上万　万事俱备，只欠东风
风花雪月　月黑风高　高枕无忧
忧国忧民　民不聊生　生龙活虎
虎虎生风　风门水口　**口若悬河**
河山之德　德輶如羽　羽毛未丰
丰衣足食　食古不化　化及豚鱼
鱼目混珠　珠联璧合　和盘托出

出口成章	章台杨柳	柳暗花明
明辨是非	非同小可	可想而知
知法犯法	法外施仁	仁至义尽
尽善尽美	**美中不足**	

足智多谋	谋财害命	命辞遣意
意气风发	发扬光大	大步流星
星罗棋布	不耻下问	问舍求田
田夫野老	老马识途	途穷日暮
暮鼓晨钟	钟鼓馔玉	玉碎珠沉
沉默寡言	言听计从	从容自如
如履薄冰	**冰清玉洁**	洁身自好
好大喜功	功德无量	量力而行
行将就木	木心石腹	腹有鳞甲
甲第星罗	罗雀掘鼠	**鼠目寸光**

光怪陆离	离乡背井	井蛙之见
见利忘义	一鸣惊人	人定胜天
天真烂漫	漫不经心	心荡神摇
摇笔即来	来者不拒	拒人于千
里之外	外柔内刚	刚正不阿
阿谀逢迎	迎刃而理	理所当然
燃糠照薪	薪尽火灭	**灭门绝户**
户枢不朽	朽木难雕	雕虫篆刻
刻不容缓	缓兵之计	计深虑远
远见卓识	识才尊贤	贤良方正
正襟危坐	坐视不救	救亡图存
存十一于	千百	百折不屈
屈打成招	招财进宝	宝刀未老
老大无成	成竹在胸	**脑怀大志**

志士仁人 人云亦云 云霞满纸
纸上谈兵 兵微将寡 寡不敌众
众志成城 城北徐公 公私兼顾
顾后瞻前 前所未闻 闻鸡起舞
舞文弄墨 墨守成规 规行矩步
步步为营 营蝇斐锦 锦绣前程
程门立雪 **雪案萤灯** 灯红酒绿
绿惨红愁 愁肠九转 转危为安
安步当车 车水马龙 龙蛇飞动
动辄得咎 咎由自取
取法乎上， 仅得乎中

中原逐鹿 鹿死谁手 手疾眼快
快马加鞭 鞭辟入里 里通外国

国破家亡　亡羊补牢　牢不可破
破涕为笑　笑里藏刀　刀山火海
海阔天空　空前绝后　后发制人
人以群分　分道扬镳　彪炳千秋
秋毫无犯　**犯言直谏**　谏争如流
流连忘返　返老还童　童颜鹤发
发愤图强　强词夺理　理屈词穷
穷形尽相　相濡以沫　**莫名其妙**

妙手回春　春风得意　意犹未尽
尽力而为　为人师表　表里如一
一字之师　师出有名　名列前茅
茅塞顿开　开宗明义　义无反顾
顾名思义　义正辞严　严阵以待

待价而沽　沽名钓誉　誉满天下
下不为例　**例行公事**　事半功倍
倍日并行　行云流水　水滴石穿
穿壁引光　光明正大　大材小用
用心良苦　苦口婆心　**心花怒放**

放浪形骸　骇人听闻　闻一知一
一毛不拔　拔苗助长　长歌当哭
哭天抹泪　泪如雨下　下笔千言
言不由衷　中流砥柱　柱石之坚
坚甲利刃　刃迎缕解　解弦更张
张冠李戴　戴罪立功　功成身退
退避三舍　**舍己为人**　人鼠之叹
叹为观止　止于至善　善人义士

士别三日	日新月异	异口同声
声罪致讨	讨价还价	**价值连城**
城门失火，	殃及池鱼	鱼死网破
破釜沉舟	舟中敌国	国泰民安
安居乐业	夜郎自大	大智若愚
愚公移山	**山盟海誓**	

誓不罢休	休戚相关	关怀备至
至高无上	上善若水	水落石出
出生入死	死灰复燃	燃眉之急
急流勇退	退位让贤	贤否不明
明镜高悬	悬梁刺股	股肱之臣
臣心如水	水涨船高	高不可攀
攀龙附凤	**凤毛麟角**	角弓反张

张大其事　事倍功半　半推半就
就实论虚　虚怀若谷　古往今来
来日方长　长年累月　**月白风清**

清心寡欲　欲擒故纵　纵横交错
错综复杂　杂沓而至　至死不渝
逾规越矩　矩步方行　行不知往
往者不追　追名逐利　利令智昏
昏天黑地　地老天荒　荒诞不经
经久不息　息事宁人　人迹罕至
至理名言　**言必信，行必果**
果不其然　然然可可　可歌可泣
泣不成声　声泪俱下　下里巴人
人多势众　众口铄金　金屋藏娇
娇生惯养

养精蓄锐	锐不可当	当务之急
急中生智	智勇双全	全力以赴
赴汤蹈火	火上浇油	油尽灯枯
枯木逢春	春风化雨	雨过天青
青出于蓝	蓝田生玉	玉树临风
风声鹤唳	厉兵秣马	马首是瞻
瞻前顾后	**后来居上**	上下其手
手不释卷	卷土重来	来之不易
易如反掌	掌上明珠	珠光宝气
气喘吁吁	吁天呼地	**地广人稀**
稀世之宝	宝马香车	车驰马骤
骤风暴雨	雨零星乱	乱世英雄
雄心壮志	志在四海	海枯石烂
烂漫天真		

成语言简意赅，深刻隽永，
是汉语词汇中的璀璨明珠。
蕴含着中华民族数千年的
文化传统和古人的生活体验，
是体悟历史、感受文明、
传承智慧的重要途径。

|저자 소개|

최명숙崔明淑

現 상명대학교 글로벌인문대학 중국어권지역학 교수
북경사범대학교 문예학 박사
중국어, 중국 대중문화, 문화산업 및 한중문화 비교 연구

저서 : 『중국 무협 블록버스터 영상미 그리고 음악』
『중국 대중음악 연구』
『중국어회화 기초향상편(TSC 2 · 3급 대비』
『중국어회화 중급편(TSC 3 · 4급 대비)』

中华优秀传统文化

成语日积月累

초판 인쇄 2024년 1월 5일
초판 발행 2024년 1월 15일

저　　자 | 최명숙崔明淑
펴 낸 이 | 하운근
펴 낸 곳 | 學古房

주　　소 | 경기도 고양시 덕양구 통일로 140 삼송테크노밸리 AB224
전　　화 | (02)353-9908 편집부(02)356-9903
팩　　스 | (02)6959-8234
홈페이지 | http://hakgobang.co.kr/
전자우편 | hakgobang@naver.com, hakgobang@chol.com
등록번호 | 제311-1994-000001호

ISBN 979-11-6995-397-9 93820

값: 9,000원

■ 파본은 교환해 드립니다.